„Drei Dinge sind uns aus dem Paradies geblieben:

Die Sterne der Nacht,

die Blumen des Tages

und die Augen der Kinder."

Dante Alighieri, Dichter und Philosoph

Gute Nacht kleiner Löwe Simon; Katharina Renteria

ISBN-10: 1507867115
ISBN-13: 978-1507867112

Gute Nacht kleiner Löwe Simon

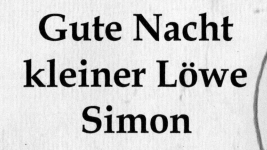

Text und Illustrationen von
Katharina Renteria

Der Mond leuchtet und die Sterne funkeln.
Die kleinen Katzenkinder schlafen schon tief und fest.
Kannst du sie schnurren hören im Dunkeln?
Auf der ganzen Welt schlafen die Tiere jetzt.

Hoch oben in den Bergen, weit weit weg,
haben die zotteligen Bären ihr Zuhaus'.
Nah beieinander liegen sie auf einem Fleck,
auch die Kleinen ruhen sich schon aus.

Auch in der Wüste im warmen Sand,
fallen den Kamelen die Äuglein zu.
Alle liegen sie nebeneinand´,
bis morgen Früh herrscht hier nun Ruh´.

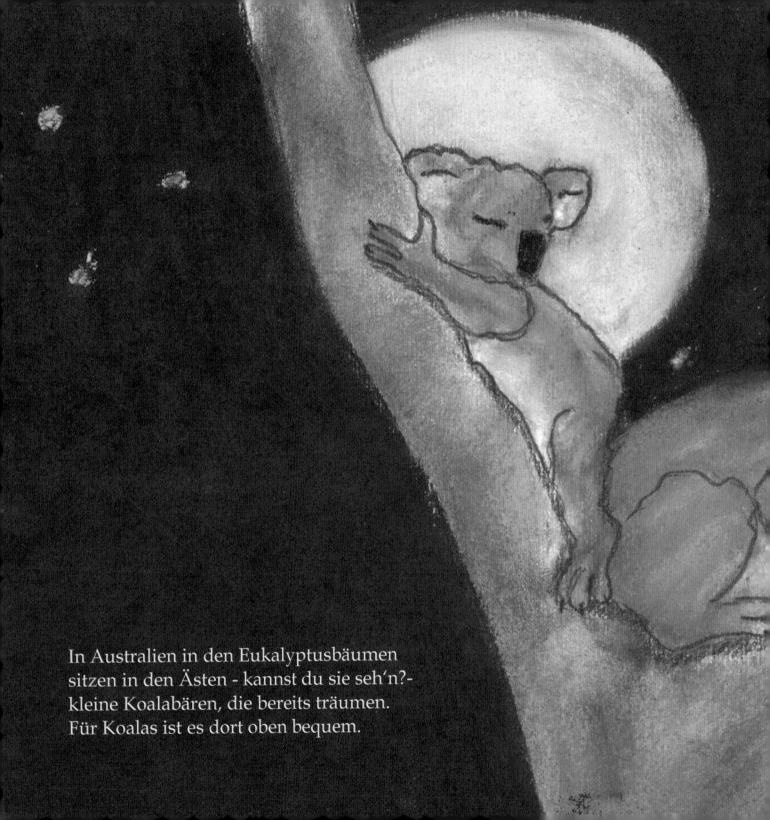

In Australien in den Eukalyptusbäumen
sitzen in den Ästen - kannst du sie seh'n?-
kleine Koalabären, die bereits träumen.
Für Koalas ist es dort oben bequem.

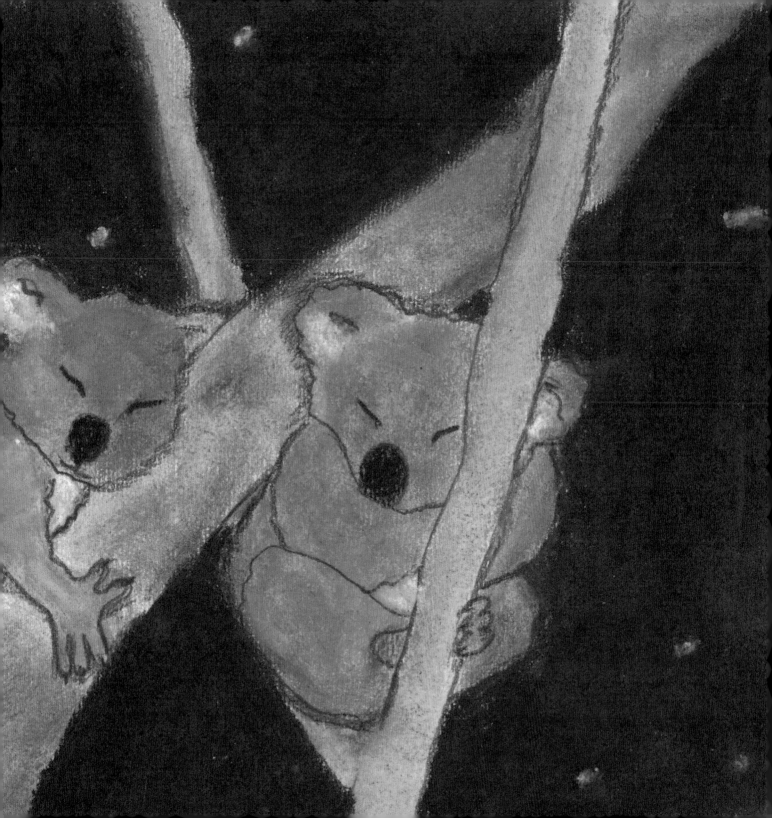

In der Antarktis, wo überall Schnee liegt weit und breit,
schlummern die Robben schon brav.
Auch hier ist bereits Schlafenszeit,
alle kuscheln sie gemeinsam im Schlaf.

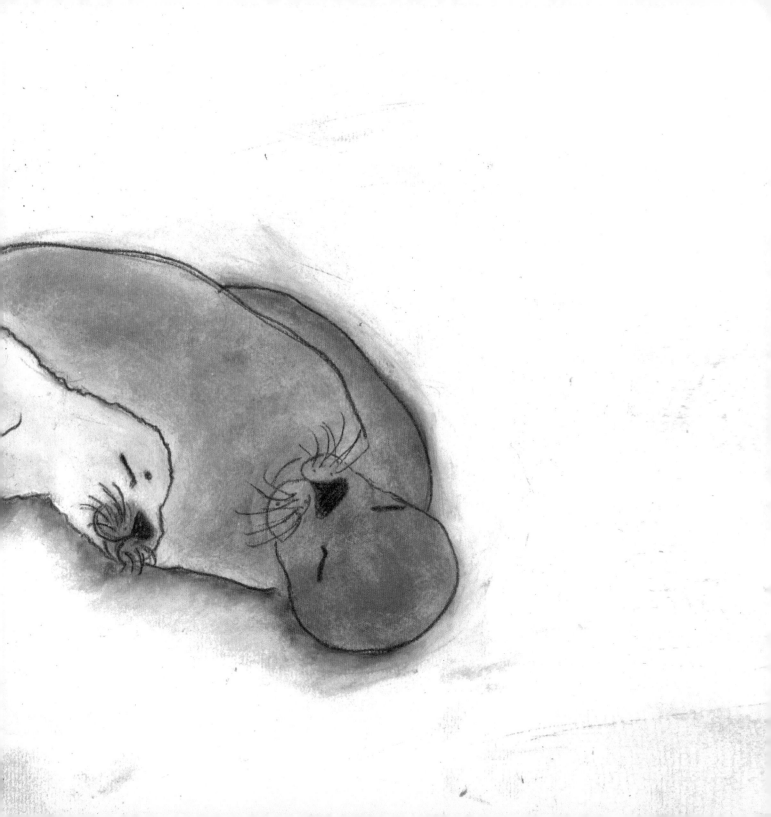

Tief im dunklen Wald, spät in der Nacht,
schlafen die Wölfe - kein Mucks ist zu hören.
In ihrem Bau haben sie es sich gemütlich gemacht,
hier drinnen kann sie niemand stören.

Nur in der Savanne, da ist noch jemand wach.
Schau gut hin, sieh ihn dir an!
Er hüpft herum und macht viel Krach.
Es ist der kleine Löwe Simon, der so gar nicht schlafen kann.

„

„Wie schön sind die Sterne und der Mond ist so groß!",
ruft er und kraxelt seiner Mama auf den Bauch.
„Pssst, mein Schatz, was ist denn los?
Der Papa schläft schon und ich möchte auch!"

„Aber Mama! Du musst doch versteh'n:
ich bin noch gar nicht müde!", beschwert er sich und gähnt leise.
„Ich will die ganze Nacht den Mondschein seh'n!"
Seine Mutter denkt nach und meint weise:

„Mein lieber Schatz, nun hör gut zu:
weißt du denn wie viele Sterne dort oben sind?
Gezählt hast du sie bestimmt im Nu.
Geht schon los mein liebes Kind!"

Der kleine Löwe Simon fängt an zu zählen. Eins, zwei und drei,
vier, fünf, sechs,... auwei auwei!
Die Augen werden ihm schwer,
dabei bemüht er sich nun wirklich sehr!
Sieben, acht, neun und... nanu?
Lieber Simon, sag, schläfst du?

Leise schnarcht er nun mit seinem Papa im Chor.
Mama Löwe gibt ihm einen dicken Schmatz,
kuschelt sich an ihn und flüstert ihm ins Ohr:
„Ich hab dich ja so lieb mein Schatz!"

Gute Nacht kleiner Löwe
Simon!

Projekte für 2015:

Der kleine Fuchs und das Gewitter

Der kleine Fuchs konnte nicht schlafen.
Draußen blitzte und donnerte es laut.
Der kleine Fuchs hatte Angst. ...

Der kleine Jaguar und seine Freunde

Dies ist die Geschichte vom kleinen Jaguar,
der auf der ganzen Welt auf Reisen war.
Mit seiner Gitarre spielte er mal hier, mal dort,
mal in der Nähe, mal weit fort.
Seiner Musik konnte niemand widerstehen,
in jedem Ort – ihr werdet es sehen –
wollte ein Tier mit ihm gehen.
So kam es, dass der kleine Jaguar
schon bald nicht mehr alleine war.